COURONNE

POETIQUE

DES ÉLÈVES

DE

Mme PERRIER-VALLÉE.

Rhétorique Française.

ROUEN.

IMPRIMÉ PAR D. BRIÈRE,

RUE SAINT-LO, N° 7.

1836.

COURONNE
POÉTIQUE

DES ÉLÈVES

DE

Mme PERRIER-VALLÉE.

Rhétorique Française.

ROUEN.
IMPRIMÉ PAR D. BRIERE,
RUE SAINT-LO, N° 7.
1836.

Perrier

Lith. Caboche et Cie. Pl. de la Bourse, §1

UN MOT DU PROFESSEUR

A SES JEUNES ÉLÈVES.

—

Si je n'avais écouté que mon amour-propre, Mes-demoiselles, j'aurais essayé d'écrire, pour cette fête de famille, un de ces discours de circonstance pour les-quels on est à chercher depuis long-tems des formes d'idées et d'expressions nouvelles ; mais j'ai pensé qu'il était plus dans mes intérêts de vous être agréable, et qu'aux petites tribulations que vous a données, depuis quatre mois, mon exigence pour le travail, je ne devais pas ajouter, en ce jour, la tribulation la plus im-pardonnable de toutes, je veux dire celle de l'ennui !

— Toutefois, il m'aurait été bien doux de reprendre, par le souvenir, la longue route que nous avons faite ensemble, en un petit nombre de semaines, et d'y jeter en passant la liste de vos noms et l'énumération de vos progrès, comme des jalons pour diriger celles qui vous remplaceront ici l'année prochaine ! — C'aurait été, croyez-le bien, un sincère témoignage de satisfaction véritable.

Mais cette nomenclature de faits, de circonstances historiques, de difficultés de grammaires, d'artifices du langage, de mouvements du style, de majesté d'expres-sion, de véhémence, de fécondité, de moyens pathé-tiques que les maîtres ont enseignés, me présentait précisément l'écueil que je voulais éviter, et alors je me suis décidé , avec l'autorisation de votre excellente maîtresse et amie , à réunir dans cette brochure celles de vos compositions qui pouvaient le mieux justifier aux yeux de vos parents et votre application constante et votre obéissance à nos conseils.

Telles que vous les avez écrites, telles vous les relirez ici, ces compositions, Mesdemoiselles; c'étaient pour moi des actes authentiques auxquels je n'ai dû rien changer. Vous dire que tout m'y a semblé correct, ce serait mentir à mes prétentions d'écrivain, et pourtant je me suis abstenu d'y faire la moindre coupure , parce qu'alors je me serais exposé à les dépouiller de cette fraîcheur de pensées, de ce laisser-aller de style qu'on ne trouve bien qu'à votre âge !

Prenez-le donc , ce *souvenir* de votre adolescence , dans toute sa simplicité native , Mesdemoiselles , et chargez-vous de le justifier devant les juges trop rigoureux qu'il pourra trouver dans le monde...... Indulgence et pardon, voilà ce que vous êtes en droit d'attendre pour lui , assurées que vous devez être qu'il n'y a qu'une main jalouse qui puisse briser sans pitié la tendre fleur qui , pour la première fois , expose au vent ses fragiles pétales.

Votre respectueux ami ,

Victor d'Anglars.

Au Souvenir.

—

Souvenir, qu'ils sont doux tes charmes !
Tu nous fais goûter le bonheur,
Toi seul toujours taris nos larmes,
Tu sais dissiper nos alarmes
Et tu calmes notre douleur.

Par ta puissance enchanteresse,
L'humble mortel est transporté
Au temps heureux de sa jeunesse ;
Il se retrouve avec ivresse
Près des amis qui l'ont quitté !

Il revoit son bien tendre père
Et les compagnons de ses jeux ;
Il croit être dans la chaumière
Où son sort était si prospère :
Pour un instant il est heureux !

Il retrouve dans sa pensée
Les magiques chants du hameau,
La cloche dans l'air balancée,

Et puis la tourelle élancée,
Et puis les danses sous l'ormeau.

Voyageur, loin de sa patrie,
De sa mère et de ses parents,
Il revoit sa terre chérie,
Et sur l'Océan en furie
Il passe encor de doux moments.

Vient-il un oiseau de passage,
Il se plaît à l'entretenir;
Il lui parle de son village,
De ces vallons, de ce bocage
Dont il garde le souvenir.

Pourquoi, brisé par la souffrance,
Ce mourant sourit-il encor?
— C'est qu'en un souvenir d'enfance,
Il a retrouvé l'espérance,
Et la foi sainte aux ailes d'or!

Souvenir! c'est par ta magie
Qu'ici-bas se *dorent* nos jours,
Oui, par toi notre ame est ravie,
Tu sèmes de fleurs notre vie.....
— Souvenir! reste-nous toujours!

Léodie PERRIER. (Rouen.)

LES ADIEUX

DE JEANNE D'ARC

A SON PAYS.

—

Est-ce bien le Ciel qui m'inspire? Est-ce bien Dieu qui me commande de m'éloigner de ces lieux paisibles, de ces lieux témoins de ma naissance, de ces lieux que je vais quitter pour ne plus les revoir peut-être?.... Non, je n'en puis douter; la voix qui s'est fait entendre n'était pas une voix de la terre, et la jeune bergère qui m'est apparue n'était pas une illusion de la nuit. Son front couronné d'étoiles, son vêtement si transparent et si beau, son attitude imposante, tout me révèle une habitante des Cieux; il faut que je me résigne, l'obéissance est un devoir!... Mon Dieu, pourquoi m'avez-vous choisie préférablement à tant d'autres plus capables de vous comprendre? Vous le savez, c'est à peine si j'ai assez de science pour bien invoquer votre nom!... Mais, que vois-je?

Tout ici semble s'attrister de mon départ. La voix de mon chien fidèle était grondeuse ce matin, et ma brebis chérie n'est pas venue, comme à l'ordinaire, bondir et folâtrer autour de moi!... Adieu, paisible vallon; c'en est fait, il faut que je te quitte, vais-je te perdre sans retour!... Arbres chéris qui tant de fois m'abritâtes sous votre ombrage, je m'en vais, et vous n'êtes pas attristés; il est donc vrai que la nature est insensible aux douleurs de l'homme!... Le temps fuit, il faut que je parte; la France réclame mon bras, ma vie lui appartient, je la lui donne... Faible vermisseau dont le Ciel veut se servir pour humilier une nation altière, pourrais-tu bien hésiter encore! Non, Jeanne, plus de délais, il faut aller au secours de Charles : et pourtant qui soutiendra la vieillesse de mes parents, qui les consolera de mon absence!...

Silence, ma mère, silence! je vous le demande à deux genoux, n'amollissez pas mon courage : Dieu est bon, il ne vous privera pas de votre unique soutien. Entendez-vous ce bruit de guerre, ces clameurs, ces gémissements de blessés? Ce sont les Anglais qui pillent, qui dévorent la France. O ma mère, laissez-moi partir!... Je suis ignorante, je le sais, mais ce sera dans mon ignorance même que je trouverai le moyen de me faire écouter... « Levez-vous, marchez à l'ennemi, dirai-je à Charles; le ciel vous l'ordonne par ma voix, » et bientôt l'Anglais anéanti connaîtra combien il est peu sage de s'attaquer aux peuples que Dieu couvre de son bouclier!....

Adieu, ma mère, adieu; priez pour votre fille; et si, dans quelques jours, on venait vous dire : « Elle n'est plus! » eh bien! loin de verser des pleurs, entonnez un chant d'allégresse, car je serai morte en combattant pour mon pays!!!

Eugénie DERIBERPREY. (Rouen.)

MES ADIEUX

A LA PENSION.

—

Heureux asile, où mon enfance
S'écoula dans un pur bonheur,
Où, dans ma belle adolescence,
Je n'ai point connu la douleur !

Il faut, hélas! que je te quitte
Pour rejoindre mes bons parents :
A ce penser mon cœur palpite
Et mes soucis sont dévorants.

Ah! pourquoi voulez-vous, ma mère,
M'éloigner du toit protecteur
Où je fus aux pleurs étrangère,
Où je connus le vrai bonheur?

Pourquoi m'entraîner dans un monde
Tout rempli de frivolité,
Où toujours quelque orage gronde,
Où l'on ne voit que vanité?

.... C'en est fait, compagnes que j'aime,
Il faut vous faire mes adieux!...
J'éprouve une douleur extrême
En m'éloignant de ces beaux lieux.

Toi surtout, bonne Léodie!
Ma compagne depuis dix ans;
Toi qui fus toujours mon amie,
Toi qui charmas tous mes instants,

Il faut donc qu'aussi je te quitte!
Demain, je serai loin de toi...
Entends-tu? l'on me dit : « Fais vite!... »
— Ma mère, en ces lieux laisse-moi!

Laisse-moi près de cette amie '.
Qui sut m'instruire et m'amuser :
De toi, si je reçus la vie,
J'appris d'elle à l'utiliser.

Aimée HAIN. (Rouen.)

---

1 Mme Perrier.

Discours

DE BLANCHE DE CASTILLE

A THIBAUD, COMTE DE CHAMPAGNE.

Thibaud, si vous avez cru pouvoir troubler la paix du royaume, secouer le joug de l'obéissance que vous devez à votre roi, et vous dégager du serment de fidélité que vous lui avez juré, je vous plains, car vous êtes fou, et c'est à mes médecins, plutôt qu'aux exécuteurs de ma justice, que je dois vous abandonner.

Savez-vous que vous avez agi lâchement en profitant de l'absence de mon royal époux pour soulever contre moi des peuples soumis et paisibles ? Pauvre homme ! qui avez cru qu'une femme, une Blanche de Castille, ne viendrait pas à bout de déjouer vos projets, et de prévenir les effets de votre insolente révolte !

Vous vous êtes trompé, comte de Champagne! Vous vous êtes trompé, vous dis-je, et je me

trouve assez forte pour vous faire trembler devant ce même pouvoir que vous vous étiez flatté
d'abattre. Prenez garde, votre tête peut tomber
à ma voix, et pourtant vous croyez déjà m'a-
voir vaincue ! Vous êtes un ingrat, Thibaud,
car vous avez méconnu tous les bienfaits de mon
auguste époux; bien plus, vous avez méconnu les
efforts qu'il a toujours faits pour assurer la tran-
quillité de son peuple. Cependant, votre amour
et votre respect devaient lui être acquis à jamais; n'est-ce pas à lui que vous devez vos titres,
et cet écusson féodal que vous osez porter contre
moi ? — Arrière, comte de Champagne, ou je
vous fais écraser... Car, dans une ame comme
la vôtre, les nobles procédés ne peuvent trouver
de reconnaissance ; c'est l'ambition seule qu'elle
écoute, et l'ambition ne donna jamais le bonheur.

Emilie Vieillot. (Rouen.)

MON TESTAMENT.

—

Je donne mon ménage
A ma sœur Maria ;
Ma robe de voyage
A miss Victoria.

A ma chère Octavie
Je lègue mon chapeau ;
Et la belle Flavie
Aura mon grand manteau.

A ma sœur Armantine
Je donne mes moutons ;
Et ma tante Augustine
Aura tous mes cartons.

Je lègue ma musique
A ma bonne Sara ;
Mon traité de physique
Appartient à Clara.

Ma chère Virginie
Aura tout mon trousseau ;

Et l'aimable Eugénie
Mon grand châle ponceau.

Je donne à ma Clémence
Mon superbe encrier,
Et mon goût pour la danse
A *Léodie* Perrier.

Je lègue à Pascaline
Mon manchon, mes bijoux
A la frileuse Aline
Mon édredon si doux.

A ma chère Emilie,
Je donne mon dé d'or;
Et puis à ma Julie
Mon chapeau frais encor.

Elisa COUILLARD. (Fécamp.)

Discours

DE L'IMPÉRATRICE JOSÉPHINE

A NAPOLÉON

LA VEILLE DE SON DIVORCE.

—

Vous l'avez donc acceptée, cette proposition que vous rejetiez avec tant d'énergie, lorsque de votre main puissante vous me couronniez à Milan? Il est donc vrai qu'il faut me séparer de vous! Pour toute autre que Joséphine, cette condition serait peut-être moins amère ; car enfin, vous le savez, mon ami, nous vivions presque étrangers l'un à l'autre, absorbé que vous êtes toujours par vos projets de gloire ou de conquêtes; mais j'étais sûre de votre cœur, et dans cette confiance, je trouvais un ample dédommagement à ma peine... Flattée de votre choix, fière de vous posséder, une autre femme se contentera-t-elle du lot qui m'était échu? et tandis que vous ferez voler vos aigles victorieuses du nord au midi, de l'orient à l'occident, ne regrettera-

t-elle pas de voir sa jeunesse se flétrir loin de son
époux, au milieu de l'étiquette et du cérémo-
nial des cours ? Prenez-y garde, mon seigneur,
le prestige de la royauté ne consola jamais une
femme quand elle eut à craindre de l'indiffé-
rence ou de l'oubli. Quelle peine, quel déchi-
rement pour mon ame si l'on venait me dire un
jour : « Napoléon n'est pas heureux! »

Mais vous me permettrez de la voir, n'est-ce
pas, cette archiduchesse qui va tenir ma place ;
vous me permettrez de lui apprendre à vous
aimer ? Elle m'écoutera, soyez-en sûr, parce
qu'à défaut d'un sentiment plus tendre, je saurai
faire naître dans son cœur le sentiment de l'a-
mour-propre : « Epouse de César, lui dirai-je,
votre sort est digne d'envie ; il vous est échu en
partage le plus habile et le plus vaillant des
hommes, le plus grand conquérant de l'uni-
vers, » et Marie-Louise sera charmée.

Je ne vous dirai pas, mon ami, que, dans votre
fils d'adoption, dans ce noble Eugène Beauhar-
nais, dont la gloire serait immense, si vous lui
aviez laissé quelque chose à conquérir, vous
auriez pu trouver pour la France un digne re-
présentant de votre auguste nom; je ne vous
dirai pas non plus que l'armée le regarde, et que
vos plus braves généraux s'inclinent devant lui;

non, non, ce sont de ces jouissances d'amour-
propre que mon cœur de mère devait peut-être
garder pour lui; mais, dans cette triste conjonc-
ture, ne dois-je pas jeter les yeux de tous côtés
pour chercher une consolation à ma peine?

Vivez heureux, mon ami : tel sera toujours
mon premier souhait! Que ne m'est-il permis
de dire au Dieu que nous adorons l'un et l'autre :
« Seigneur, prenez ma part de félicité sur la
terre pour l'ajouter à la part de l'illustre Napoléon! »

Alexandrine Danger. (Rouen.)

LA ROSE.

FABLE.

—

Sur un buisson épais, c'était en Italie,
  Naquit, par un beau jour de mai,
   Rose au calice parfumé.
  Chacun disait : « Qu'elle est jolie ! »
 Mais, par un étrange malheur,
D'un gros buisson elle était entourée;
  Et cette ravissante fleur
  N'était que de loin admirée!
  — Ah! disait-elle en soupirant,
  Mon sort était digne d'envie ;
  Et pourtant je passe ma vie
  A languir, toujours espérant,
  Toujours craignant et désirant ! ! !
Peut-on sécher sur pied quand on est si jolie!
C'est toi qui me fais tort, buisson malencontreux,
Détestable voisin ! Oh! qu'il est dangereux

D'être en mauvaise compagnie !
Près de moi le ruisseau murmure,
Et vainement, au fond des eaux,
Je cherche à contempler la riante verdure
Et la fraîcheur de ces rameaux
Qui forment ma brillante tige !
Près de moi l'abeille voltige,
Passe et repasse en voletant,
Tandis que je suis délaissée !...
— Telle était sa triste pensée ;
Quand, pour la corriger, un bizarre amateur
Arrive armé d'une pioche docile ;
Il enlève la rose et la porte à la ville.
Là, vendue au profit d'un très-riche armateur,
Un parterre enchanté fut son dernier asile.
La rose en s'y voyant, contente cette fois,
Dit : C'est donc le séjour où régneront mes lois !..
.....Hélas ! on l'oublia dans ce vaste parterre
Où chacun n'admirait que la rose étrangère !
C'est alors qu'elle pleure et montre son dépit ;
Elle va se flétrir sans que personne ait dit
Comme autrefois : « Qu'elle est jolie ! »
— C'est en ces mots qu'elle plaint sa folie. —
« Hélas ! pourquoi l'orgueil m'aveugla-t-il ainsi ?
» L'on m'admirait là-bas, on me méprise ici !
» Que n'ai-je conservé ma première fortune ! »
— C'est là je crois une plainte commune.....

Heureux qui borne ses désirs !
En tout temps et malgré le monde,
  Il jouit d'une paix profonde,
Et pour lui sont les vrais plaisirs.

A. Cord'homme. (Rouen.)

REPROCHES
D'Agnès Sorel à Charles VII.

—

Est-ce bien vous, Charles, que je croyais si courageux et si avide de gloire, qui laissez d'audacieux étrangers ravager impunément votre royaume?.. Ah! pourquoi ne les repoussez-vous pas, ces fiers Anglais, qui voudraient soumettre à leur puissance et tous vos peuples et vous-même? pourquoi ne les combattez-vous pas? Pourquoi ne faites-vous pas venir sous vos redoutables bannières l'élite de votre noblesse et l'arrière-ban de vos vassaux? — Charles, seriez-vous timide?.. Oh! non; un roi de France ne peut trembler; n'a-t-il pas pour puissante égide la bravoure de ses soldats et la protection de l'Eternel? Marchez contre vos agresseurs; le Ciel vous parle par ma voix; il vous crie de voler au combat et de venger votre patrie! Mais, que dis-je, la venger? Il y a long-temps qu'elle vous appelle et vous êtes

sourd à sa voix ; je le crains bien , ce ne sera pas
vous qui mettrez les ennemis en fuite... Non ,
Charles , un pressentiment secret me dit que
c'est à une jeune fille des champs qu'est réservé
cet éclatant triomphe ; peut-être même quitte-
t-elle en ce moment son humble toît , son troupeau fidèle et sa quenouille chargée de lin pour
venir échanger son costume villageois contre
le casque et l'armure des chevaliers de France.
Prince, souffrirez-vous que l'éclat de votre gloire
soit éclipsé par les exploits d'une simple bergère ? Voudriez-vous devoir la possession de
votre royaume à tout autre qu'à vous seul ? Oh !
non, n'est-ce pas , Charles , vous ne ferez pas
cette tache au noble sang qui coule dans vos
veines; vous ne laisserez pas le noble écusson
de vos aïeux tomber au pouvoir de cette Albion
que j'abhorre ? Cédez à mes instances, je vous
en conjure ; ne restez pas plus long-temps dans
une coupable inaction. Quelque peine que
j'éprouve à me séparer de vous, quelque regret
que je ressente de me voir privée de vos tendres
soins , et quelque crainte qui m'agite surtout
en pensant que vous serez exposé à mille dan-
gers, rien, rien ne peut me faire oublier votre
gloire. Courez , mon ami , courez , mon roi ,
courez où l'honneur vous appelle ; votre exem-

ple ranimera le courage de vos soldats : vous combattrez, vous serez vainqueur, et la France ne verra plus dans Agnès un empêchement à votre gloire.

Léodie PERRIER. (Rouen.)

PLAINTES,

Qui peut calmer ma peine extrême?
Qui peut dissiper ma douleur?
Je vais te perdre, toi que j'aime,
Ma Clara, ma bien tendre sœur.

Dans cette vie à peine entrée,
Quoi! déjà tu la quitterais!
De nos tendres soins entourée,
De nous tu te séparerais!

Oh! non, non, tu vivras encore,
Dieu te prêtera son secours:
— Seigneur, pour ma sœur je t'implore,
Daigne nous conserver ses jours!

Oui, ce Dieu puissant, je l'espère,
Viendra t'arracher au trépas;
Il exaucera ma prière:
Non, non, ma sœur ne mourra pas !

Emilie Vieillot. (Rouen.)

LETTRE

D'UNE JEUNE PERSONNE

A SON VIEUX MÉDECIN.

Monsieur,

Depuis que nous avons quitté la ville, un mal que je ne connais pas me tourmente, et c'est là ce qui me fait vous écrire pour vous demander des conseils : quels qu'ils soient, je me résignerai à les suivre, croyez-le bien, et je vous remercie par avance de la promptitude avec laquelle vous allez me les transmettre.

Figurez-vous que, depuis quelques jours, une tristesse insurmontable s'est emparée de moi ; tout m'est indifférent, tout me lasse, et vainement je fais de grands efforts pour prendre goût aux occupations de la vie champêtre. Parties de chasse, parties de pêche, courses à cheval, fêtes, bals, réunions d'amies, tout a

été mis en usage pour me distraire de la mélancolie qui me ronge, et rien n'a réussi.

Mon père, ma mère, tous mes parents sont
près de moi et m'entourent des soins les plus
empressés. Je les aime tous de toute mon ame,
car ils font tous leurs efforts pour me rendre
parfaitement heureuse; je ne forme pas un souhait qu'ils ne se hâtent de l'accomplir; je ne
montre pas une fantaisie qu'ils ne se pressent
de la satisfaire.

J'ai des oiseaux, des moutons, un beau jardin, de grands vergers pour courir; des plantes
à dessécher pour enrichir mon herbier; en un
mot, toutes les choses qui me faisaient désirer
d'être à la campagne : maintenant que je les
possède, elles me fatiguent et m'ennuient!

L'on dit que je suis sans fièvre, que je n'ai
pas mal à la poitrine, et pourtant je souffre
beaucoup.

D'où peut provenir ma souffrance? Dites-le-
moi, je vous prie; répondez-moi tout de suite
et m'indiquez un remède pour guérir cette
étrange maladie qui afflige mes parents, et qui
me consume !

Il n'y a que trois mois que vous m'avez vue,
et je suis sûre que vous auriez de la peine à me
reconnaître. Je suis pâle, mes yeux sont abattus ;

enfin je suis dans un état de langueur insuppor-
table!

J'attends votre réponse et vos conseils avec
une bien grande impatience ; ne les refusez pas,
je vous prie, à celle que vous appelez votre fille
adoptive.

H. Asselineau. (Cosne.)

SUR LA MORT

D'UNE MÈRE.

—

Quand on perd comme moi dans une autre soi-même
    La douceur de ses jours,
Ne peut-on pas, sans honte à sa douleur extrême,
    Donner un libre cours ?

Ah! grand Dieu! quel chagrin vient de briser mon ame ;
    Je suis toute en émoi ;
Compagnes, accourez, mon malheur vous réclame ,
    Accourez près de moi.

Venez unir vos pleurs à mes pleurs de détresse ,
    Consolez ma douleur ;
De grâce, partagez ma profonde tristesse ,
    Je sens briser mon cœur.

Parlez-moi des vertus de cette tendre mère
    Et de sa piété ;

Rendez-moi, rendez-moi celle qui m'était chère,
    Rendez-moi sa bonté.

La justice, la foi, la vérité sévère
    Et l'austère pudeur,
Pourront-elles jamais trouver un sanctuaire
    Aussi pur que son cœur ?

Sa mort est un malheur que le monde déplore ;
    Pauvres, vous pleurez tous !
Pleurez aussi sur moi ; ne suis-je pas encore
    Plus à plaindre que vous ?

Hélas! qui veillera sur moi ; quelle est l'amie
    Qui me protégera ?
Dans les sentiers glissants de cette triste vie,
    Qui me dirigera ?

Déjà, déjà la couvre une teinte livide,
    Ciel! pas un mouvement !!!
Que dis-je ?.. elle remue !.. — Illusion perfide,
    Non, non, c'est le néant !

Laissez-moi, laissez-moi goûter encor les charmes
    De soulever son bras ;
Laissez-moi la baigner, la laver de mes larmes,
    Cette *proie* du trépas ;

Mais, que dis-je, ô mon Dieu! Pourquoi, dans ma détresse,
    Ne pas songer à toi?...
Tu dis au malheureux plongé dans la tristesse :
    « Tourne les yeux vers moi! »

N'as-tu pas dit aussi : « Je servirai de père
    » Aux faibles orphelins? »
J'ai confiance en toi, Seigneur ; en toi j'espère :
    Adoucis mes chagrins!

        Emma DELALANDE. (Rouen.)

Réponse

—

Mademoiselle,

Vous êtes triste, dites-vous ; c'est bien dommage, car la mélancolie ne sied pas à votre physionomie si régulière, à vos yeux si expressifs, à votre fraîche figure. Après avoir cherché dans ma mémoire et dans les souvenirs de ma trop vieille expérience les causes qui peuvent déterminer en général le malaise dont vous vous plaignez, je crois être fondé à vous dire qu'étant fatiguée comme vous le dites des plaisirs champêtres, et ayant usé, sans résultat, de tout ce qui pouvait vous procurer de l'agrément, il vous faudrait employer un autre moyen pour dissiper votre maladie.

Mais, avant de chercher à la combattre, cette maladie, il faut que j'obtienne de vous une

réponse bien sincère aux questions suivantes ;
vous ne vous refuserez pas à satisfaire ma curio-
sité, j'en suis bien sûr :

1° Quand vous vous mettez au travail, est-ce
avec le désir bien vrai de vous appliquer?

2° Avez-vous assez de persévérance pour
vous livrer à l'étude tout le temps nécessaire?

3° N'êtes-vous point nonchalante ? N'avez-
vous pas de dégoût pour les choses utiles ?

4° Quand vous prenez vos livres, vos cahiers
de classes, n'êtes-vous point tentée quelquefois
d'aller vous promener dans le jardin, au lieu de
chercher à vous instruire ?

5° Quand vous êtes au travail, y êtes-vous
bien assidue ? N'êtes-vous point distraite par
une mouche qui vole ou par le moindre petit
bruit ?

— Faut-il vous le dire sans détour, Mademoiselle? Je crois que la maladie qui vous
domine c'est la paresse ; et le seul remède qui
me semble efficace, c'est de vous occuper souvent et à des choses qui vous soient profitables.
Travaillez à votre instruction, domptez l'apa-
thie qui vous domine, et vous verrez votre mal
se dissiper petit-à-petit. La gaîté fera place à cette
sombre mélancolie dont vous vous plaignez et
au chagrin qui vous dévore ; vos joues pâles et

amaigries redeviendront vermeilles; vos yeux abattus reprendront tout leur éclat; votre caractère enfin retrouvera sa gaîté accoutumée.

Ah! croyez-moi, Mademoiselle, si vous voulez vous guérir, suivez mon conseil. Vous n'aimez pas la promenade, dites-vous? Vous n'avez plus d'appétit, plus de sommeil? — Eh bien! commencez par travailler une bonne partie du jour; ensuite faites une promenade qui soit utile à quelque malheureux, et le soir vous vous direz : « Comme ce jour est passé vite!!! » Peu à peu le calme reviendra, la mélancolie se dissipera, et vous serez aussi joyeuse et aussi bien portante que vous l'étiez il y a trois mois.

Aimée HAIN. (Rouen.)

A L'ESPÉRANCE.

—

Salut, douce et tendre espérance ,
Charme et soutien du malheureux ,
　　Toujours ton aimable présence
　　Sait alléger un sort affreux !

Par toi l'indigent qui soupire ,
Peut encor goûter le bonheur ;
Si tu viens le faire sourire ,
Si tu viens calmer sa douleur.
. . . .

Qui soutient au fort de l'orage ,
Le matelot qui lutte en vain ?
Quel Dieu l'excite et l'encourage ?
— C'est toujours toi , présent divin !

Là-bas , sur la terre étrangère ,
Que fait ce pauvre naufragé ?
Il pleure, il attend, il espère ,
Et son cœur est encouragé.

A l'horison sans cesse il veille,
Et puis, s'il ne découvre rien,
A demain, dit-il...—En sa veille,
Espérance sois son soutien !

Voyez au fond de cette alcôve
Cette jeune fille au chevet
De son tendre père au front chauve ;
Son air est rêveur, inquiet.

Ce tendre père qu'elle adore,
Il va bien mal, il est mourant ;
Cependant elle espère encore
Que Dieu calmera son tourment.

L'exilé, loin de sa patrie,
Aurait-il encor d'heureux jours ;
Pourrait-il supporter la vie
Si tu n'allais à son secours ?
. . . .

Espérance, bienfait céleste,
Ange qui calme la douleur,
Toi, l'unique bien qui nous reste,
N'abandonne jamais mon cœur !

Alexandrine DANGER.(Rouen.)

ANECDOTE.

———

Un roi voulant savoir quelle serait sa des-
tinée, fit tirer son horoscope : on y trouva qu'il
devait mourir d'un bâillement. Le monarque
fut fort mécontent de cette prédiction, car, lui
qui s'ennuyait constamment, pourrait-il seu-
lement passer deux jours sans bâiller ? Il ne le
croyait pas ! Cependant, pour retarder autant
que possible le moment de sa mort, il fit pu-
blier un édit qui défendait expressément à tous
ceux qui avaient l'honneur d'approcher de sa
personne de bâiller et d'avoir même envie de
dormir. Il ne voulut avoir près de lui que des
personnes gaies, et il confia les emplois les plus
importants, les plus graves, à des gens vifs et
enjoués, A la cour, tout le monde était de
bonne humeur, chacun voulait rire, et c'était
à qui rirait le plus long-temps et le plus haut ;
on s'efforçait d'égayer le roi, on l'entourait de
bouffons qui l'amusaient de leurs saillies, et on

3

ne le laissait pas seul un instant, dans la crainte qu'il ne s'ennuyât.

— Quelques mois s'étaient écoulés depuis qu'on avait fait au roi la fatale prédiction, et il n'avait pas encore bâillé, lorsqu'une dame demanda un jour la permission de faire entendre au monarque et à sa cour un morceau de musique qu'elle dit être superbe. Le roi, croyant se procurer une agréable distraction, accorda à la dame ce qu'elle désirait : elle commença donc à jouer sur la guitare un air des plus lamentables. Il n'y avait pas cinq minutes qu'elle exécutait, quand le roi, ne pouvant résister à l'ennui que lui causait l'instrument peu mélodieux, se mit à bâiller et expira au même instant.

Aussitôt la musicienne est arrêtée et condamnée à mourir. Elle se récrie, non sur le supplice qu'on lui prépare, mais sur le peu de justice que l'on rend à la manière dont elle exécute : elle soutient que son jeu est admirable, qu'il n'est pas possible que le roi ait pu bâiller; elle demande avec instances de jouer son morceau devant des juges assemblés, afin qu'ils reconnaissent toute la supériorité de son talent musical; elle obtient cette faveur, non sans peine, et son jugement est remis à quelques jours de là.

— Le moment où l'on doit décider de la vie de la dame est arrivé. Tous les juges sont réunis, et l'on n'attend plus que celle que l'on doit ou condamner ou absoudre; elle paraît enfin. Malgré ses soixante ans, elle est coiffée en cheveux et sa tête est ornée d'une profusion de fleurs, de rubans et de plumes. Sa figure ridée est couverte de fard, et ses sourcils peints en noir forment un contraste frappant avec ses cheveux presque tout blancs. Son collier noir, sa robe blanche, ses souliers, qui sont si petits qu'elle peut à peine marcher, son air de prétention et de coquetterie, tout en elle est ridicule. A la vue de cette femme, tous les juges, oubliant la gravité de leurs fonctions, se livrent aux accès de la plus franche joie.

Ils l'écoutent un moment, et bientôt ils déclarent qu'il n'était pas possible au roi de bâiller en présence de pareille caricature..... La dame fut renvoyée absoute.

Sophie HAIN. (Rouen.)

A L'AMITIÉ,

—

Amitié, charme de la vie,
Toi qui nous combles de bienfaits ;
Oh ! viens, à mon ame ravie,
Apporter le calme et la paix.
Souvent, par ta douce influence :
Un cœur malade et désolé
Retrouve la paix, l'espérance ;
Par tes soins il est consolé.

Des sentiments, tendre nourrice,
Tu soutiens dans l'adversité ;
Toujours ta main s'étend, propice,
Sur l'homme implorant ta bonté.
Dans le cours de notre existence,
Tu nous fais cueillir quelques fleurs ;
Et l'on ne voit bien ta puissance
Que lorsqu'il faut sécher des pleurs.

Douce amitié, je te confie
Mes vœux, mes peines, mes plaisirs ;

Ce n'est qu'à toi que je me fie ;
Tu devines jusqu'aux désirs !
Ah ! que toujours ta main me guide
Dans le monde ouvert sous mes pas ;
Couvre-moi de ta bonne égide,
Amitié, ne me quitte pas !

Hortense ASSELINEAU. (Cosne.)

Simple Histoire.

—

M. Beaucour, riche propriétaire, habitait une petite ville de l'Artois; il était renommé pour son avarice, et avait amassé une somme très-considérable, à force de privations et de lésineries : il se refusait non-seulement toutes les douceurs de la vie, mais même le nécessaire. Cet avare se méfiait de tout le monde; sa femme, ses enfants, personne n'était à l'abri de ses soupçons : il les épiait et surveillait toutes leur actions, craignant toujours qu'ils ne lui enlevassent son trésor. Il était constamment en proie aux plus cruels tourments; le malheureux! il ne pouvait dormir. Dans son sommeil il voyait des voleurs qui s'emparaient de son or : il jetait des cris affreux, se réveillait en sursaut, et ce n'était qu'après s'être assuré que sa cassette était toujours à sa place qu'il pouvait être tranquille.

Voulant mettre en sûreté ses richesses, et désirant être enfin délivré de ses éternelles inquiétudes, il commande à un ouvrier de lui creuser un souterrain dont l'entrée soit cachée

à tous les yeux, et dont la porte s'ouvre par un
ressort secret qui ne soit connu que de lui seul.
— Le marché est conclu ; et au bout d'un mois,
l'ouvrier qui ne travaillait que la nuit, de peur
d'être vu, avait terminé son ouvrage. M. Beaucour examina tout, fit jouer le ressort, et après
avoir fait jurer à celui qui avait creusé le souterrain, de garder fidèlement le secret, il le
congédia.

L'avare ne manquait pas de venir tous les
jours visiter son or ; il le comptait, le recomp-
tait, et restait des heures entières en contem-
plation devant ses richesses... Un soir, il était
dans le souterrain qui renfermait ce qu'il avait
de plus cher au monde, et il ne s'apercevait pas,
dans son extase, que sa lampe était près de sa
fin.... Bientôt elle s'éteint et laisse M. Beaucour
plongé dans les ténèbres ! Il avance en tâtonnant
et cherche à retrouver la porte. Il veut l'ouvrir,
c'est en vain : il ne peut faire mouvoir le ressort ! Il crie, il appelle du secours : plainte
inutile........ En ce moment terrible il ne
songe plus à son or, c'est à lui-même qu'il
pense ; il voudrait pouvoir conserver la vie
au prix de son trésor funeste ! Personne ne
vient à lui ! Oh ! c'est alors qu'il maudit ses richesses ; sans elles il ne serait pas en cet hor-

rible lieu, et il ne se verrait pas condamné
à mourir dans les plus cruelles souffrances.....
Tantôt il implore la miséricorde divine ; tantôt
il accuse le ciel, et il profère les plus épouvan-
tables blasphêmes ; enfin il est comme un for-
cené : le désespoir l'égare, il ne sait plus ce qu'il
fait.

— Plusieurs jours se passent. Mme Beaucour, ne voyant pas son mari, est en proie
aux plus cruelles inquiétudes : elle ne sait
à quoi se résoudre, et elle forme mille con-
jectures ; enfin elle se décide à recourir au
crieur public. L'ouvrier qui avait construit la
cachette apprend la disparition subite de l'a-
vare : il prévoit ce qui peut être arrivé, et
croyant, en cette occasion, pouvoir sans crime
violer son serment, il court chez le magistrat et
lui raconte tout ce qui s'est passé précédem-
ment..... On se transporte chez l'avare, et en
présence de sa femme et de toutes les personnes
de la maison, on ouvre le caveau... Quel spec-
tacle affreux! M. Beaucour était étendu mort
auprès de son trésor; ses traits étaient horri-
blement contractés... Le malheureux! soit par
rage, soit pour assouvir sa faim, il avait dévoré
une partie de son bras!!!

Adèle Cord'homme. (Rouen.)

LE SOUHAIT.

—

. . . .
Quelle est brillante cette écharpe !
Pour l'avoir, j'abandonnerais
Mes pinceaux, mes meubles, ma harpe;
Plumes, canif, je donnerais.

J'abandonnerais ma commode,
Mes jupes, mon collet lilas,
Et mon corset fait à la mode,
Et mes énormes falbalas.

Oui, je donnerais mon long voile,
Et mes robes et mes tabliers,
Mes rubans, mes jupes de toile ;
Tout, jusqu'à mes petits souliers !

Je délaisserais bien pour elle
Mon chapeau de paille tout neuf,
Et ma collerette nouvelle
Et mon grand châle de l'an neuf.

J'abandonnerais ma guitare
Ainsi que mon ample manteau,
Mon boa si souple, et si rare,
Et mon joli petit couteau !

Je délaisserais ma volière,
Mes gants de chevreau, mon manchon,
Mon beau collier à crémaillière,
Et mon bonnet à la fanchon.

— Ainsi disait un jour Pauline,
A la porte d'un magasin ;
Elle pleurait, pauvre orpheline !
Sa plainte attendrit un voisin ;

Elle eut l'écharpe désirée ;
Elle l'eut, mais pour un seul jour !
Car, vers la fin de la soirée,
Le vent l'emporta sans retour.

Sophie HAIN. (Rouen.)

LETTRE A UNE AMIE.

—

Je suis arrivée hier à Rouen, ma chère Elisa, bien fatiguée, bien étourdie du bruit de la voiture et bien affligée de notre séparation. Mon voyage m'aurait semblé fort agréable si tu avais été à mes côtés ; mais comment goûter quelque plaisir en pensant que chaque tour de roue de la voiture m'éloignait davantage de toi ? Troublée par les tristes impressions que nos adieux avaient fait naître en lui, mon esprit sommeillait, pour ainsi dire , et je ne prêtais nulle attention aux scènes variées, aux sites admirables qui s'offraient à mes regards , et qui, en tout autre moment , auraient tant excité mon admiration ! Si les sifflements du vent ou le bruit du fouet des postillons venait me tirer de ma rêverie , il me semblait entendre encore et tes adieux et les sanglots de cette bonne nourrice que je regrette tant de n'avoir pu emmener ici !

Rouen m'a semblé bien triste, ma chère amie, et pourtant il serait difficile de trouver en France une ville plus industrielle , plus com-

de soin un élégant petit jardin! Je goûtais tous
ces plaisirs sans qu'aucune pensée triste vînt en
altérer le charme, et je voyais l'avenir sous les
couleurs les plus riantes. Hélas! c'étaient des
illusions, car je croyais ne goûter que plaisir
et que bonheur, tandis que je n'éprouve que
chagrins et que peines! Où est cet heureux
temps où je me livrais avec tant de zèle à l'étude
et aux arts d'agrément? où, entourée de personnes chéries, j'étais sans crainte et sans soucis? Combien de fois par jour ne regretté-je
pas cet heureux temps où je me livrais sans con-
trainte aux amusements de mon âge; où, plaisirs et peines, je mettais tout en commun avec
mes jeunes amies! Maintenant, abandonnée de
tous, éloignée de ce que j'aimais, il ne me
reste qu'à gémir sur mes peines présentes, et
à chercher dans le passé une diversion à ma
douleur.

Emma DELALANDE. (Rouen.)

L'ORAGE.

—

A grands pas s'avance l'orage,
L'air pur et serein s'obscurcit ;
Le ciel se voile d'un nuage,
Le rapide aquilon mugit!
Le laboureur craint et s'alarme
Pour ses blés et pour ses moissons;
Les bosquets ont perdu leur charme,
Car l'oiseau suspend ses chansons.
Le berger aussitôt rassemble
Et fait rentrer tout son troupeau,
Pour ses chères brebis il tremble ;
Partout roulent des torrents d'eau !
De l'éclair la lueur brillante
Vient frapper, éblouir nos yeux ;
Cette lumière étincelante
En sillons s'échappe des cieux.
Puis on entend un sourd murmure,
Par l'écho lointain répété :
C'est la foudre! Dans la nature
Tout fuit, tout est épouvanté.....

Le terrible et bruyant tonnerre
S'approche de nous en grondant ;
Bientôt il tombe sur la terre
Avec un fracas effrayant.
.... Mais je vois finir la tempête,
Le calme vient lui succéder,
Et l'orage sur notre tête
A déjà cessé de gronder.
Tous les oiseaux dans le bocage
Reprennent leurs beaux chants d'amour,
Et célèbrent sous le feuillage
Du temps serein le doux retour.

Léodie PERRIER. (Rouen.)

RETOUR

SUR LE PASSÉ.

—

Que le souvenir de mes jeunes années me fait faire de pénibles réflexions ! Que de temps s'est écoulé depuis! Combien de contrariétés et de chagrins j'ai éprouvés! Où est donc cette heureuse époque où j'étais toujours joyeuse et toujours contente ? Hélas ! de ces doux moments il ne me reste que la mémoire ! Que d'heureux instants j'ai passés dans les lieux où je pleure aujourd'hui et où je ne retrouve plus ces compagnes qui partageaient avec tant de plaisir mes amusements et mes jeux ! Que sont devenus ces jours si doux où, vivant près d'une mère adorée, j'écoutais ses avertissements et ses conseils ? Que de tristes réflexions je fais en pensant au bonheur que j'éprouvais alors à aller aux fêtes du village ? Où sont ces heureux jours où, assise sur un frais gazon, je jouais avec mon petit agneau? Que je voudrais être encore à l'âge où je cultivais avec tant merçante. A l'exemple des étrangers qui y affluent pendant la belle saison, j'ai commencé mes excursions *archéologiques*, comme dirait notre professeur, par la visite des églises, et c'est d'elles que je veux t'entretenir. Tu penses bien que je ne te parlerai ni de corniches, ni de voussures, ni d'entablement, ni d'ogives, ni de palmettes ; ce sont des mots avec la signification desquels je crois bien que je ne serai jamais familière.

Arrêtons-nous d'abord devant la Cathédrale. Le portail en est imposant par son élévation et par la magnificence de ses sculptures ; les personnages représentés sur la principale porte sont d'un travail achevé.

L'intérieur de l'église a quelque chose de grand, de majestueux, quelque chose de véritablement religieux, tant par le nombre infini des colonnes que par l'étonnante élévation des voûtes, et surtout par la clarté mystérieuse qui pénètre à travers d'admirables vitraux coloriés.

Ah ! quelle grâce, quelle vérité dans un tableau que l'on m'a fait remarquer dans une des chapelles latérales, et qui représente Marie au jour de l'Annonciation ! Comme elle est étonnée ! comme elle est tremblante ! On dirait qu'elle lit dans l'avenir combien son ame sera inondée

d'amertumes; combien son cœur de mère sera dé-
chiré à cause de son adorable fils! —Je la plains,
cette tendre et douce Marie, et je ne puis m'em-
pêcher de donner une larme au souvenir de
ses douleurs........................

Mais ici, j'ai dû m'arrêter, ma chère Elisa,
parce que le peuple entrait en foule dans l'é-
glise. C'est que son prédicateur favori devait
ce jour-là monter en chaire... Il paraît! un
murmure flatteur l'accueille, et, à peine, selon
l'usage, a-t-il fait son signe de croix, que le silence
le plus profond règne dans la nef et partout. Chacun se tait, chacun écoute et craint de perdre
une seule des paroles de l'orateur apostolique.
Nécessité de la prière, c'était là le texte de son
discours, et je ne voudrais pas, pour rien au
monde, avoir été privée de l'entendre. Oh! que
M. l'abbé Fayet (c'est le nom de l'illustre apôtre),
doit avoir fait de conversions dans sa vie!
Quelle force dans ses raisonnements, quelle élo-
quence dans ses paroles!... Toi qui aimes tant
l'accent gascon, tu serais bien satisfaite, je crois,
si tu entendais le Massillon de Normandie, et,
pour mon compte, je suis persuadée que c'est
à cet accent *pittoresque* qu'il doit une partie des
admirables effets qu'il produit sur son auditoire.
Les mots : *Commandements du Seigneur, pèle-*

rinage, amour de la sagesse, immortalité de l'ame, etc., etc., ont dans sa bouche une mélodie toute particulière, et ils retentissent encore à votre oreille long-temps après qu'ils ont été prononcés.

Vraiment, je bénis le Ciel qui m'a conduite d'abord à la Cathédrale, et m'a procuré ainsi la jouissance d'assister au meilleur sermon que j'eusse encore entendu. Néanmoins l'idée que je ne t'avais pas près de moi empoisonnait toute ma jouissance, et mon cœur se serrait en pensant que cent lieues nous séparaient l'une de l'autre. En vain les plus beaux monuments s'offrent à mes regards, en vain mon père me procure mille distractions; rien ne peut me faire oublier que je n'ai plus ni mon amie ni mon excellente nourrice, et que je ne les reverrai pas d'ici à bien long-temps!

Adieu, ma chère Elisa, dans ma prochaine lettre je te parlerai des autres églises de Rouen.

Ta bonne et constante amie,

Léodie Perrier. (Rouen.)

MES SOUVENIRS.

—

Souvenirs de ma belle enfance,
Vous, beaux jours, remplis de bonheur,
Ah! venez! par votre présence,
Calmer un moment ma douleur.

Montrez-moi ces belles campagnes
Où je passais des jours heureux;
— Montrez-moi ces douces compagnes,
Qui toujours partageaient mes jeux.

Reproduisez-moi la chaumière
Où je trouvais tant de plaisirs;
Rappelez-moi ce bon vieux père
Qui contentait tous mes désirs.

Montrez-moi ma mère chérie,
Dites-moi ses soins, ses leçons;
Où sont d'Adèle, mon amie,
Les doux refrains et les chansons?

Où donc est la brebis si belle
Qui consolait tous mes chagrins?
Qu'est devenu mon chien fidèle?
Où sont mes bosquets, mes jardins?

Ah! rappelez-moi les veillées
Que je passais près de ma sœur;
Rappelez-moi ces assemblées
Où l'on disait tout bas : « J'ai peur! »

— Lorsqu'au fracas des girouettes,
Au bruit lointain du contrevent,
Se mêlait le cri des chouettes,
Ou le long murmure du vent.

Rappelez-moi donc mon village,
Et les chaumières d'alentour;
Jours prospères de mon jeune âge,
Etes-vous passés sans retour?

Eugénie DERIBERPREY. (Rouen.)

www.ingramcontent.com/pod-product-compliance
Lightning Source LLC
Chambersburg PA
CBHW061644180626

46818CB00003B/953